CONTOS PARA SONHAR

Dados Internacionais de Catalogação na Publicação (CIP)
(Câmara Brasileira do Livro, SP, Brasil)

Contos para sonhar / Susaeta Ediciones ; [ilustração
Pilar Campos ; tradução Equipe Girassol
Brasil]. -- 1. ed. -- Barueri, SP : Girassol
Brasil, 2018.

Título original: Cuentos para soñar.
ISBN 978-85-394-2377-4

1. Contos - Literatura infantojuvenil I. Susaeta
Ediciones II. Campos, Pilar. III. Série.

18-16522   CDD-028.5

Índices para catálogo sistemático:

1. Contos : Literatura infantil 028.5
2. Contos : Literatura infantojuvenil 028.5
Maria Alice Ferreira - Bibliotecária - CRB-8/7964

© SUSAETA EDICIONES, S.A.

Publicado no Brasil por
Girassol Brasil Edições Eireli
Al. Madeira, 162 – 17º andar – Sala 1702
Alphaville – Barueri – SP – 06454-010
leitor@girassolbrasil.com.br
www.girassolbrasil.com.br

Diretora editorial: Karine Gonçalves Pansa
Coordenadora editorial: Carolina Cespedes
Assistente editorial: Talita Wakasugui
Ilustrações: Pilar Campos
Design da capa: Natalia Rodríguez
Tradução: Fernanda Sucupira, Maria Luisa de Abreu Lima e Paz,
Mônica Krausz, Marcía Lígia Guidin, Michelle Neris e Talita Wakasugui
Diagramação: Deborah Takaishi

Impresso na Índia

CONTOS PARA SONHAR

GIRASSOL

SUMÁRIO

A princesa e a ervilha 7

Rapunzel 15

O flautista de Hamelin 29

Cinderela 39

O príncipe feliz 55

O Pequeno
Polegar 67

Riquete do Topete 81

A patinha branca 89

Aladim e a lâmpada maravilhosa 101

A lebre e a tartaruga 119

O cuidador
de porcos 129

A princesa e a ervilha

Antigamente, além de duendes, fadas, bruxas e feiticeiras, havia muitíssimo mais princesas do que agora. Mas nem todas eram verdadeiras princesas, e os príncipes se sentiam enganados.

Por isso, o príncipe desta história começou a procurar uma esposa por todos os países do mundo. Mas, por mais que procurasse e procurasse, não encontrou nenhuma e voltou para o seu palácio.

■ Contos para sonhar

Uma noite, enquanto jantava com seus pais, desabou uma terrível tempestade. A chuva caía a cântaros e parecia que o céu ia desabar com tantos trovões e relâmpagos. Em meio àquele horror, bateram à porta. O velho rei foi abrir a porta e deparou com uma jovem de beleza deslumbrante, e as roupas encharcadas.

– **Majestade, sou uma princesa e viajo com minhas damas. Suplico que nos permita dormir esta noite debaixo de seu teto.**

A princesa e a ervilha

O velho monarca deixou que a jovem entrasse até a sala de jantar e a apresentou a sua mulher e a seu filho, o jovem príncipe.

Como era difícil para a rainha adivinhar se aquela jovem era uma princesa de verdade ou apenas uma bela camponesa,

decidiu submetê-la a uma prova dura e difícil.

Enquanto o rei e o príncipe acompanhavam a jovem para que se secasse junto ao fogo da lareira, a rainha se dirigiu ao quarto de hóspedes com duas criadas.

■ Contos para sonhar

A rainha ordenou:
— Desfaçam a cama, tirem o colchão e **coloquem sobre o estrado esta pequena ervilha.** Depois, coloquem sobre a ervilha vinte colchões e vinte cobertores.

■ Contos para sonhar

Na manhã seguinte, durante o café, a rainha perguntou à jovem:

– **Descansou bem, princesa?**

– **Não, a noite foi horrível!** – respondeu ela. – **Mal pude pregar o olho. Na cama havia um objeto tão duro que meu corpo ficou todo roxo.**

A rainha compreendeu, então, que se tratava de uma autêntica princesa. Ninguém, a não ser uma princesa de verdade, podia ter a pele tão delicada a ponto de notar uma ervilha através de vinte colchões e vinte cobertores.

A princesa e a ervilha

Além de ser uma princesa legítima, a jovem era muito bonita, e o príncipe a pediu em casamento.

Contam as crônicas da época que a ervilha acabou no museu do palácio, dentro de uma caixa de cristal. **Aquela ervilha tinha para a princesa mais valor do que a mais valiosa das joias, pois graças a ela encontrou o melhor príncipe do mundo.**

Rapunzel

Era uma vez uma mulher que esperava feliz a chegada de seu bebê. Durante a gravidez, o que ela mais gostava de fazer era observar a paisagem da janela dos fundos da casa. De lá, viu o formoso jardim de uma bruxa.

Era um jardim muito bem cuidado, que estava cercado por um muro muito alto.

■ Contos para sonhar

Certo dia, a mulher foi à janela contemplar o jardim e viu uma plantação de rabanetes. Estavam tão frescos e com as folhas tão verdes que lhe deu um desejo terrível de comê-los. Mas como cresciam no jardim da bruxa, não podia apanhá-los. Cada dia que passava, a pobre mulher ficava mais triste e mais pálida. Muito preocupado, o marido perguntou:

— Diga-me, mulher, o que falta para você ser feliz?

— Ah! — exclamou ela. — Se eu não comer aqueles rabanetes que crescem no jardim da bruxa, tenho certeza que morrerei.

Como o marido a amava muito, **esperou que anoitecesse para entrar no jardim da bruxa.** Arrancou muito depressa um punhado de rabanetes, escalou o muro e, já em casa, preparou uma farta salada para sua mulher.

■ Contos para sonhar

Porém, ela gostou tanto dos rabanetes que o pobre marido teve que voltar ao jardim na noite seguinte.

Justamente quando descia o muro com os rabanetes na mão, ouviu uma voz que dizia:

– **Como se atreve a entrar no meu jardim e roubar meus rabanetes?!**

– Roubei por necessidade. Minha esposa está esperando um bebê e sentiu um grande desejo de comer rabanetes. Se ela não os comer, morrerá.

A malvada bruxa se acalmou e disse:

– Se isso é mesmo verdade, não acho errado o que você faz, mas com uma condição: **você vai me entregar seu bebê quando ele nascer. Eu serei uma boa mãe.**

Rapunzel

O homem aceitou o trato. Um mês depois, a mulher deu à luz uma linda menina, a quem ela deu o nome de **Rapunzel.**

A mãe apenas pôde lhe dar um beijo, porque em seguida seu marido a levou à casa da bruxa.

Rapunzel era uma menina amável e bela, e foi crescendo com o passar do tempo.

Rapunzel

No dia em que completou 12 anos, a malvada bruxa **a trancou em uma torre no bosque,** sem portas nem escadas para que não pudesse sair. Havia no alto apenas uma pequena janela, por onde Rapunzel jogava suas tranças quando a bruxa gritava:

– Rapunzel, jogue suas tranças que eu quero subir!

Rapunzel tinha lindas e longas tranças de cabelos dourados como o sol. A bruxa usava as tranças como corda para subir até a torre pela janela. Assim, levava para Rapunzel comida e o que quer que ela precisasse.

Mas a bela jovem jamais podia sair daquela prisão. A bruxa não queria que Rapunzel conhecesse ninguém nem que se apaixonasse por algum jovem da região. Tal era a sua vontade de ter a menina só para si.

Aconteceu que, num belo dia, o filho do rei foi passear no bosque, perto da torre onde Rapunzel estava. Então ouviu uma doce voz que cantava uma triste canção.

O príncipe quis conhecer a dona dessa voz, mas, apesar de dar muitas voltas na torre, não encontrou escadas nem porta para entrar. No entanto, ficou tão impressionado com a voz que ia todos os dias ao bosque para ouvi-la.

Um dia, viu a bruxa aproximar-se, gritando:

— Rapunzel, jogue suas tranças que eu quero subir!

Rapunzel soltou os cabelos e a bruxa subiu pelas tranças. Então, no dia seguinte, o príncipe ficou debaixo da janela e gritou:

– **Rapunzel, jogue suas tranças que eu quero subir!**

Imediatamente as tranças caíram pela janela e o príncipe subiu até o quarto onde a menina estava. Eles conversaram a tarde toda e, no final, o jovem lhe perguntou:

– **Quer que eu ajude você a escapar?**

Rapunzel respondeu:

– **Sim, mas não tenho como sair daqui.** Da próxima vez que vier me visitar, traga fios de seda e eu tecerei uma corda. Quando ficar pronta, descerei a torre por ela e poderemos ir embora juntos.

Contos para sonhar

Todas as tardes, o jovem visitava Rapunzel sem que a bruxa soubesse. Mas, certo dia, sem querer, a garota disse à bruxa:

— **Como é possível que eu precise fazer mais esforço para subir você do que o príncipe?**

— **Sem-vergonha, mal--agradecida!** — gritou a bruxa. — Tenho feito tudo para protegê-la do mundo e você, em troca, está me enganando. Vai me pagar!

Imediatamente, a bruxa pegou tesouras enormes e **cortou as tranças de Rapunzel.**

Rapunzel

Depois, levou-a para um deserto e a abandonou ali.

Na mesma tarde, a bruxa voltou à torre. Prendeu as tranças em alguns pregos e as jogou pela janela, quando o príncipe gritou:

– Rapunzel, jogue suas tranças que eu quero subir!

Que surpresa o jovem apaixonado teve ao ver ali a bruxa! A malvada disse a ele:

– Como você pode ver, o pássaro voou do ninho. **Não voltará a ver Rapunzel nunca mais. Ouviu? Nunca mais!**

■ Contos para sonhar

O príncipe, cheio de tristeza e dor, se jogou pela janela e caiu sobre uma enorme mata de espinhos. Embora não tivesse morrido, os espinhos perfuraram seus olhos e ele **perdeu a visão**. Cego e desconsolado, o príncipe vagou pelo bosque. Comia frutas silvestres e lamentava sem parar sua má sorte. **Passaram quatro anos até que, por acaso, chegou ao deserto onde vivia Rapunzel.**

Uma tarde, a jovem ouviu o triste lamento do príncipe. Logo reconheceu aquela voz e saiu correndo em sua busca.

Rapunzel ■

- **Que alegria voltar a vê-lo!** - exclamou Rapunzel, beijando-o.

As lágrimas de felicidade do príncipe **limparam as nuvens que cegavam seus olhos.** Minutos depois, ele recuperou a visão.

Muito contentes, os dois voltaram para casa. O povo de seu reino os receberam com grande alegria, **e juntos viveram felizes no palácio por muitos anos.**

O flautista de Hamelin

Hamelin era uma bela cidade cercada por um muro e banhada por um rio tranquilo. O povo vivia feliz, até que, em um dia ruim, a cidade se viu invadida por uma praga de ratazanas que passeavam tranquilamente por todos os cantos da cidade.

■ Contos para sonhar

Havia tantas ratazanas que os cachorros e os gatos estavam assustados. As crianças não podiam sair na rua para brincar. A comida desaparecia das cozinhas e das despensas. Era tanto o barulho que as ratazanas faziam com seus dentes que os habitantes de Hamelin mal conseguiam dormir. A situação era desesperadora!

O prefeito da cidade disse aos vereadores:

– **Precisamos acabar com essa praga das ratazanas!** Alguém tem que dar algum jeito. Aguardo suas propostas.

Mas ninguém conseguia pensar em nenhuma.

– **Excelência, e se publicarmos um comunicado oferecendo uma recompensa a quem conseguir tirar as ratazanas da cidade?**

– Façam isso imediatamente!

30

O flautista de Hamelin

Um belo dia, apareceu um homem alto e magro que vestia uma larga túnica. Mas o que mais chamava a atenção eram seus intensos olhos azuis. O homem misterioso se dirigiu ao prefeito:

– **Excelência, eu tenho o poder de arrastar atrás de mim todos os seres deste mundo.** Se o senhor desejar, farei desaparecer as ratazanas desta cidade. Sou conhecido como o Flautista Mágico.

O prefeito e seus vereadores viram que ele trazia uma flauta de madeira na mão. A figura estranha continuou falando:

– **Mas como nesta vida tudo tem um preço, eu lhes peço mil moedas de ouro** em troca de solucionar o problema.

■ Contos para sonhar

O prefeito, entusiasmado, exclamou:
- **Não só lhe daremos mil! Juro que lhe entregaremos dez mil moedas de ouro!**

O Flautista Mágico fixou seus olhos no prefeito e disse:
- **Quando acabar meu trabalho, virei buscar minhas mil moedas de ouro. Isso bastará.**

O flautista foi ao centro da praça e começou a tocar a flauta.

- **Que música estranha!** - comentaram o prefeito e os vereadores.

De repente, um ratinho correu até os pés do flautista e ficou olhando-o extasiado. Em pouco tempo, os bigodes de uma ratazana saíram de trás de uma esquina. Depois apareceram outra e mais outra, até que vieram milhares de ratazanas. O povo gritava na praça:
- **Vejam!**
Todas saíram!

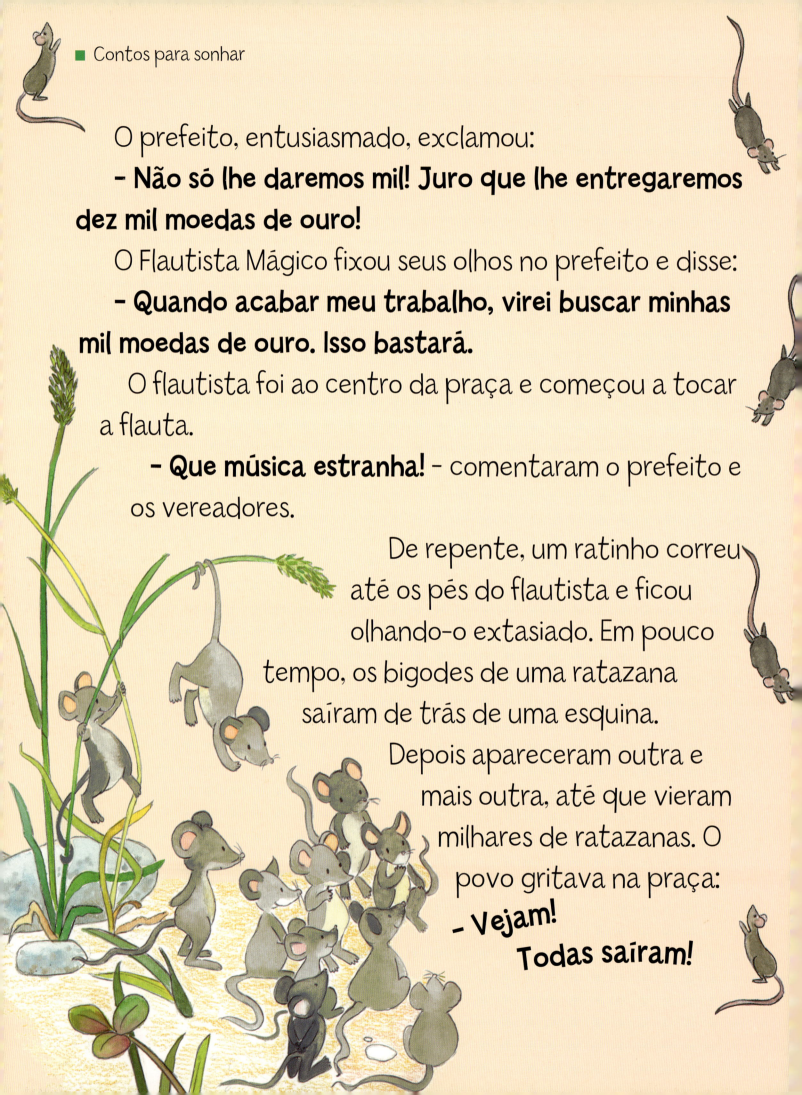

O flautista de Hamelin

As pessoas não conseguiam acreditar no que viam. De todas as ruas e esquinas por onde passava o Flautista Mágico, **saíam ratazanas que caminhavam ao som da flauta.**

O músico não parava de tocar. **Quando reuniu todas as ratazanas, caminhou até o rio.** Uma depois da outra foram caindo e se afogando nas águas.

Contos para sonhar

Para celebrar, todos se reuniram na praça, muito contentes. De repente, o Flautista Mágico apareceu e se aproximou do grupo onde estava o prefeito e, fixando o olhar nele, disse:

– Cumpri a minha parte do acordo, agora é a sua vez! Venho buscar minhas mil moedas de ouro que combinamos.

Mas o prefeito não tinha a intenção de pagar essa quantidade.

– **Estamos muito agradecidos a você** – disse o prefeito –, **mas terá que se conformar com cinquenta...**

O flautista de Hamelin

— **Lembro que você chegou a me prometer dez mil** — disse o flautista.

E, vermelho de vergonha, o prefeito exclamou:

— **Meu bom homem! Aquilo era uma brincadeira.**

O flautista olhou fixamente para os olhos dele e disse:

— **Trato é trato! Garanto que se arrependerão.**

O flautista foi ao centro da praça e começou a tocar uma música doce e alegre que atraía meninos e meninas.

Em pouco tempo, a praça se encheu de crianças de todas as idades que dançavam ao som da flauta.

■ Contos para sonhar

O flautista saiu da cidade e se dirigiu até uma colina nas proximidades. Os pais e o prefeito ficaram aterrorizados. Tinham medo de que o flautista levasse as crianças para sempre.

— **Filhos, venham! Voltem para casa!** — gritou um pai.

— **Não sigam o flautista!** — exclamou uma mãe.

Quando o flautista e as crianças chegaram à colina, a terra se abriu e todos entraram por ali, menos um menino manco, que ficou para trás porque andava mais devagar.

O flautista de Hamelin ■

– Agora não poderei brincar com os meus amigos!
– lamentou-se o menino, chorando.

De repente, viu que algo brilhava em frente a ele: era
a flauta. O menino a levou aos lábios e, como tinha boa
memória para música, **tocou a mesma melodia do flautista.**

Mal soaram as primeiras notas, a terra se mexeu
debaixo dos seus pés, e a colina se abriu lentamente: um
por um apareceram todos os seus amiguinhos.

O menino manco, **como um herói,** foi levado à
Prefeitura, onde o prefeito, envergonhado por sua má
ação, entregou-lhe como prêmio um saco
com mil moedas de
ouro. O flautista
desapareceu para
sempre e nunca mais
se soube dele.

Cinderela

Conta-se que um senhor, ao morrer sua esposa, se casou com uma mulher muito desagradável e orgulhosa. Tinha duas filhas que se pareciam com ela em tudo. O homem, por sua vez, tinha uma filha jovem, doce e bondosa.

Pouco tempo depois de se casarem, o homem morreu e a madrasta começou a mostrar toda sua maldade. Enquanto suas filhas descansavam em quartos luxuosos sem fazer nada, a pobre menina não parava de varrer, passar roupa e esfregar o chão.

Quando chegava a noite, a jovem dormia em um desconfortável colchão de palha no sótão. Chamavam-na de **Cinderela** porque gostava de se sentar em um canto da chaminé, perto das cinzas. E apesar de seus vestidos velhos, Cinderela era mil vezes mais bonita que suas irmãs postiças.

Um belo dia, chegou o convite do príncipe para um **baile no palácio.** As duas irmãs pularam de alegria e passaram dias inteiros provando roupas novas. **Na casa, não se falava de outro assunto.**

Cinderela

- **Eu** – disse a mais velha – **colocarei o vestido de veludo vermelho.**

- **Pois eu** – disse a mais nova – **usarei o casaco de flores com o broche de diamantes.**

Cinderela passava as roupas de suas irmãs e, como era tão bondosa, até se ofereceu para fazer um penteado nelas. Enquanto estava fazendo isso, perguntaram-lhe:

- **Cinderela, você gostaria de ir ao baile?**
- **Vocês bem sabem que isso não é para mim.**
- **Tem razão!** – disse a irmã mais velha.
- **Todos ririam de você!**

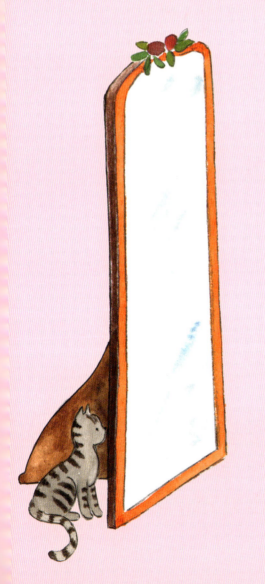

As irmãs postiças foram embora e a pobre Cinderela ficou chorando desconsoladamente. Então, aconteceu algo maravilhoso. De repente, apareceu diante dela sua fada madrinha, que lhe perguntou o que estava acontecendo.

- **Queria... queria muito...**
- **Você queria muito ir ao baile, não é?**
- **Sim, queria!** - exclamou Cinderela.
- **Como você é uma boa menina, farei o possível para que vá** - disse a fada madrinha. - Mas primeiro vá ao jardim e me traga uma abóbora.

Cinderela levou à fada a **abóbora mais bonita que encontrou.** A fada madrinha deu um toque nela com sua varinha mágica e a abóbora se transformou em uma **bela carruagem dourada.**

Depois, foram ver a ratoeira, onde encontraram seis ratinhos. Tocou em cada um deles com a varinha mágica e os transformou em **seis lindos cavalos pardos.**

- **Agora precisamos de um cocheiro** - comentou a fada.

Então, viu uma **ratazana bigoduda** e, com um toque, a transformou em um **cocheiro gordo.**

Contos para sonhar

Depois, a fada disse a Cinderela:
- **Volte ao jardim e me traga seis lagartos bonitos que você vai encontrar atrás do regador.**

A fada os transformou em criados elegantíssimos que, em um salto, subiram na parte traseira da carruagem.

- **Bom, você já está pronta para ir ao baile. Está feliz?** - perguntou a fada madrinha.

Cinderela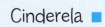

– Sim, mas vou com este vestido tão feio?

■ Contos para sonhar

Então, com outro toque da varinha, o vestido velho se transformou em um vestido bordado com ouro e prata. Depois, a fada deu a ela sapatos de cristal.

Cinderela subiu na carruagem e, antes de partir, a fada madrinha lhe disse:

– **Lembre-se de que você tem que voltar antes da meia-noite.** Se ficar no baile um minuto a mais, todas as coisas que transformei voltarão a ser o que eram antes.

Cinderela

— Prometo que sairei do baile antes da meia-noite.

Quando Cinderela chegou aos jardins do palácio, os criados avisaram ao filho do rei que acabava de chegar uma princesa linda e desconhecida. O príncipe saiu para recebê-la: deu-lhe a mão e a levou ao salão onde estavam todos os convidados. **Todos ficaram impressionados com tanta beleza.** Até a música parou.

O príncipe convidou a recém-chegada para dançar e passou a noite toda com ela. Ao dar no relógio quinze para a meia-noite, Cinderela se despediu dele e voltou para casa, onde a fada madrinha a esperava.

- **Obrigada por tudo!** - exclamou Cinderela.

- **O príncipe me convidou para outro baile amanhã, poderei ir?**

Mas, nesse momento, suas irmãs chegaram.

■ Contos para sonhar

– Que tarde que vocês estão chegando!
– disse Cinderela, enquanto esfregava os olhos, como se estivesse com sono.

– Se você tivesse ido ao palácio, não ficaria com sono. Agora estaria como eu, invejando essa princesa tão bonita que foi ao baile – disse a irmã mais velha enquanto saía para o seu quarto.

No dia seguinte, as duas irmãs foram ao baile e Cinderela também, **mas muito mais bonita do que no primeiro dia.**

O filho do rei ficou a noite inteira ao seu lado. Cinderela, feliz como nunca, se esqueceu do relógio e dos conselhos da fada madrinha. Por isso, **ao ouvir a primeira badalada da meia-noite, teve que sair correndo.** O príncipe a seguiu, mas não conseguiu alcançá-la; conformou-se em recolher

um dos sapatos que a formosa jovem havia perdido em sua fuga.

■ Contos para sonhar

Cinderela chegou em casa sem carruagem, sem criados e com o vestido velho de sempre. **Só lhe restara um dos sapatos de cristal.**

Poucos dias depois, o príncipe anunciou que se casaria com a mulher em quem servisse o sapato de cristal. As princesas começaram a prová-lo, depois as duquesas e, depois, as demais damas da corte. O sapatinho de cristal não serviu em nenhuma delas.

Também foram à casa de Cinderela, mas o sapatinho também não entrava no pé de suas irmãs. **Então, a jovem Cinderela pediu para a deixarem prová-lo.**

52

Cinderela

Todos ficaram assombrados ao verem que o sapato servia nela; mas a surpresa foi maior quando Cinderela tirou do avental o segundo sapato e o colocou no outro pé. Nesse instante, apareceu a fada madrinha e, com sua magia, transformou

o vestido velho de Cinderela em uma roupa luxuosa. As irmãs postiças reconheceram nela a misteriosa princesa do baile. Jogaram-se aos seus pés e pediram perdão por terem tratado tão mal a irmã.

Dias depois, Cinderela e o príncipe se casaram e, a partir de então, foram muito felizes.

O príncipe feliz

Na parte mais alta da cidade, ficava a estátua do príncipe feliz. Seu corpo era de ouro; seus olhos, de safira; e, no punho da espada, brilhava um enorme rubi. **Aquela figura era tão magnífica que todos a admiravam.**

Uma noite, uma andorinha voou até a cidade. **Era a última que restava.** Suas amigas tinham ido, um mês antes, para o Egito, fugindo do frio.

A andorinha estava apaixonada por um junco e esperou, até o último momento, que seu amado se decidisse a viajar com ela, mas isso não aconteceu.

■ Contos para sonhar

E a andorinha se foi. Ela voou sem descanso o dia todo e, ao cair a noite, buscou abrigo sob a estátua do príncipe. Acabava de colocar a cabeça debaixo de sua asa quando várias gotas caíram sobre suas penas.

- **Que estranho! Não tem nenhuma nuvem, mas está chovendo. Terei que ir embora daqui.**

No momento em que abria as asas, resolveu olhar para cima e viu... que os olhos do príncipe feliz estavam cheios de lágrimas.

- **Quem é você?** - perguntou a andorinha.

- **Sou o príncipe feliz!**

- **E, se é feliz, por que chora desse jeito? Você me deixou encharcada!**

- Quando eu estava vivo - disse o príncipe -, tinha o coração de um homem, mas não sabia o que era a dor nem as lágrimas.

56

O príncipe feliz ■

O príncipe continuou falando:

– Ao redor do meu palácio tinha um muro enorme e jamais me preocupei em saber o que havia por trás dele. Sempre fui feliz, rodeado de riquezas. Mas, desde que estou neste lugar tão alto, vejo toda a dor e a miséria das pessoas da minha cidade. E, ainda que meu coração seja de chumbo, não faço outra coisa senão chorar.

Como a andorinha parecia interessada, o príncipe continuou:

– Naquele casebre, há uma mulher que borda um vestido de baile para uma grande dama. Ao lado dela, dorme seu filho adoentado. Ele tem febre e pede laranjas, mas a mãe só pode dar a ele água do rio. **Poderia levar a eles o rubi da minha espada?**

■ Contos para sonhar

A andorinha estava cansada e com frio e, além do mais, não gostava de meninos porque eles lhe atiravam pedras. Ia dizer que não, mas, quando viu quão triste o príncipe estava, respondeu:
— Tudo bem, vou fazer isso.
— Obrigado, andorinha – disse o príncipe.
A andorinha arrancou o rubi da espada e o levou ao casebre da bordadeira. Olhou pela janela e viu a pobre mulher, morta de cansaço, deitada junto ao filho. A andorinha entrou no quarto, pôs o rubi sobre o dedal e mexeu suas asas para refrescar o menino doente.

Quando voltou para a estátua do príncipe, contou-lhe o que havia visto.

O príncipe feliz

Na manhã seguinte, a andorinha se preparava para partir para o Egito. Quando foi se despedir do príncipe, ele lhe disse:

- **Andorinha, fique mais uma noite!** Olhe, do outro lado da cidade vejo um jovem que deixou de escrever porque está com muito frio. Arranque uma das safiras dos meus olhos.

- **Isso não! Não posso tirar-lhe um olho.**

- **Por favor, faça o que estou pedindo.**

Com muito cuidado, ela arrancou um olho do príncipe e o levou ao escritor, que deu pulos de alegria.

Contos para sonhar

No dia seguinte, a andorinha voou para o porto e disse:

- De amanhã não passa! Partirei para o Egito.

À noite, quando foi se despedir do príncipe, ele insistiu que ela ficasse. Então, a andorinha lhe falou:

- Não posso, senhor, morrerei de frio!

Mas, no fim, a andorinha ficou uma noite mais. E o príncipe lhe disse:

- Lá embaixo, na praça, há uma menina que vende fósforos. Ela deixou cair todos no rio e o pai vai bater nela se não levar dinheiro para casa. **Arranque meu outro olho e o leve para ela; a pobrezinha está descalça e não tem onde se abrigar.**

- Se eu arrancar seu olho, você ficará totalmente cego. Não posso fazer isso!

Porém, o príncipe convenceu a andorinha, e ela arrancou a outra safira e a deu à menina.

60

O príncipe feliz

Depois, a andorinha voltou para junto do príncipe e lhe comunicou:

- **Agora que você está cego, ficarei aqui para sempre.**

A andorinha adormeceu aos pés do príncipe e, quando amanheceu, contou-lhe as coisas maravilhosas que existiam no Egito.

- **Que grande e magnífico é o que me conta** - respondeu o príncipe. - Mas a mim o que me encanta é saber que homens e mulheres sejam capazes de suportar a miséria. Amiga andorinha, por favor, como não tenho olhos, **voe pela cidade e me conte o que vir por aí.**

■ Contos para sonhar

Imediatamente, a andorinha fez o que o príncipe pediu. E o que viu foram os ricos celebrando festas em seus palácios e os pobres morrendo de fome em suas casas feitas debaixo da ponte. Quando anoiteceu, voltou para ver o príncipe e contou a ele o que tinha visto.

– Andorinha – disse o príncipe –, meu corpo está coberto de lâminas de ouro; **tire-as com seu bico e leve-as aos pobres da minha cidade.**

Assim, folha por folha, a andorinha foi arrancando o ouro. Chegou um momento em que a estátua do príncipe feliz ficou sem brilho nem beleza. **No entanto, na casa das pessoas pobres começou a brilhar a alegria e a esperança.**

O príncipe feliz

O tempo passou até que chegou o frio e a neve. Numa tarde muito fria daquele inverno, percebendo que estava prestes a morrer, a andorinha pousou sobre o ombro do príncipe e lhe disse:

— Adeus, amado príncipe! Antes de ir embora para sempre, quero lhe dar um beijo.

O príncipe ficou muito contente e respondeu:

— Que alegria você me dá! Finalmente vai para o Egito!

— Não é para o Egito que eu vou. Vou muito mais longe.

A pobre andorinha estendeu suas asas, beijou os lábios do príncipe e caiu morta aos seus pés.

Nesse mesmo instante, ouviu-se um estalo dentro da estátua, como se algo em seu interior tivesse quebrado. Dias depois, passou por ali o prefeito da cidade. Ao ver a estátua partida ao meio, disse a um de seus vereadores:

– Que horrível está o príncipe feliz! Melhor mandar derrubar a estátua e, em seu lugar, pôr uma nova.

O encarregado de fundir a estátua colocou-a dentro do forno. Vendo que o coração de chumbo não se derretia, jogou-o no lixo.

O príncipe feliz

E assim, o coração do príncipe foi parar junto ao corpo sem vida da pobre andorinha.

Então, Deus chamou um anjo e lhe disse:

- Traga-me as duas coisas mais bonitas daquela cidade.

Sem hesitar, o anjo voou e recolheu o coração de chumbo do príncipe feliz e o corpo sem vida da andorinha.

- Escolheu bem - disse Deus. **- No meu reino celestial, a andorinha cantará eternamente e o príncipe feliz poderá me louvar para sempre.**

O Pequeno Polegar

Era uma vez um casal de lenhadores que tinha sete filhos. Eram tão pobres que morriam de fome. Além disso, um dos filhos estava muito doente e, como não crescia, chamavam-no de Pequeno Polegar.

Certa noite, depois de jantar e colocar seus filhos para dormir, o lenhador se sentou junto ao fogo e disse à sua mulher:

■ Contos para sonhar

— É muito difícil, mas precisamos abandonar nossos filhos no bosque. Se ficarem aqui, os veremos morrendo um a um. Talvez assim, alguém os encontre e os abrigue...

O Pequeno Polegar ouviu tudo e pensou em uma forma de impedir isso.

Quando amanheceu, ele foi ao riacho e encheu os bolsos com pedrinhas. Em seguida, voltou para casa e saiu com sua família até o bosque. O lenhador cortava a lenha e a mãe e os filhos a recolhiam.

O Pequeno Polegar

Quando o pai viu os filhos distraídos, fez um sinal para a mulher e os dois desapareceram.

Depois de um bom tempo, as crianças se deram conta de que estavam sozinhas e começaram a chorar. O Pequeno Polegar, que tinha marcado o caminho com as pedrinhas, lhes disse:

– **Não chorem, eu sei como voltar.**

Os irmãos seguiram o Pequeno Polegar, que os levou pelo mesmo caminho de onde tinham vindo. Quando chegaram à porta de casa, escutaram o que sua mãe dizia.

– Onde estarão nossos filhos? Tenho certeza de que os lobos os comeram. – E apontando para o lenhador, gritava: – A culpa é sua! Com o dinheiro que acabaram de lhe dar, poderíamos ter comido por muitos dias. Ah, meu Deus!

Então, os sete gritaram:

– Mamãe, estamos aqui! Estamos aqui!

Todos se abraçaram e choraram de felicidade. Pela primeira vez, os filhos comeram de verdade.

Mas, uma semana depois, os lenhadores e seus filhos morriam de fome mais uma vez. Por isso, os pais decidiram abandonar as crianças na floresta, perto do palácio do rei.

Também naquela noite o Pequeno Polegar ouviu tudo. Porém, não conseguiu sair para pegar as pedrinhas porque a porta estava fechada.

Na manhã seguinte, a mãe deu a cada filho um pedaço de pão. O Pequeno Polegar o guardou e **foi deixando as migalhas por onde iam.** Quando chegaram no bosque, seus pais os abandonaram.

E, novamente, as crianças começaram a chorar ao se perceberem sozinhas. O Pequeno Polegar, que estava muito calmo, lhes disse:

– **Não chorem. Vou levá-los para casa.**

Mas, sem sucesso, procurou as migalhas que havia jogado:

os pássaros e as formigas tinham comido tudo.

Os sete irmãos deram muitas voltas no bosque. Quanto mais andavam, mais se perdiam.

Então, o Pequeno Polegar subiu em uma árvore para que pudesse se orientar. Ao longe, viu uma luzinha, e disse aos seus irmãos:

– **Sigam-me, esta noite teremos um teto para dormir.**

Depois de andarem por muitas horas, chegaram à casa. Bateram à porta e saiu uma mulher grandalhona e gentil, que lhes perguntou:

– **O que desejam? Aonde vão a essa hora?**

O Pequeno Polegar ■

– Senhora, nós nos perdemos –
disse o Pequeno Polegar. **– Por favor,
deixe-nos dormir em sua casa.
– Não sabem que aqui
vive um ogro que come
crianças?** – falou a mulher.
– Mas no bosque os
lobos vão nos devorar –
ele respondeu. **– Se nos
ajudar, o ogro não nos
comerá.**

A mulher do ogro
pensou e disse:

**– Entrem. Verei o que
posso fazer.**

Os meninos estavam se
esquentando junto ao fogo
quando ouviram o barulho
da porta se fechando. Era
o ogro, então a mulher
escondeu as crianças.

■ Contos para sonhar

O ogro estava com uma fome monstruosa e disse:

- **Como cheira a carne humana! O que há para jantar?**

- **Não é carne humana. O que está cheirando é o bezerro que estou assando.**

- **Estou falando, mulher, está cheirando carne humana!**

O ogro começou a procurar por toda a casa e encontrou os meninos embaixo da cama. Então, pegou uma faca para matá-los, mas a mulher disse:

- **Deixe isso para amanhã e jante tranquilamente.**

- Tem razão - respondeu o ogro. - **Alimente-os bastante para que fiquem mais gordos e coloque-os na cama.** Amanhã os matarei.

A mulher fez o que o seu marido mandou. Depois de jantar, os sete meninos deitaram em uma cama grande, igualzinha à cama onde as filhas do ogro dormiam.

O Pequeno Polegar

As sete ogrinhas usavam uma coroa na cabeça. Não eram ainda tão más como seu pai, mas já mordiam os meninos para chuparem seu sangue.

O Pequeno Polegar não conseguia dormir. Tinha medo de que o ogro chegasse com a faca e acabasse com todos.

Então, pegou as coroas das ogrinhas. Levantou da cama e, em um instante, mudou as coroas pelos gorros que ele e seus irmãos usavam.

"Se o ogro vier, com essas coroas, ele pensará que somos suas filhas e não nos matará" - pensou ele.

■ Contos para sonhar

À meia-noite, o ogro acordou e quis se certificar de que os meninos não podiam escapar. Apalpando o caminho, aproximou-se da cama onde dormiam o Pequeno Polegar e seus irmãos. Ao perceber as coroas, disse baixinho:

– **Ainda bem que notei a tempo! Estas são as minhas filhas!**

Em dois passos, chegou até o quarto onde dormiam suas filhas. Ao tocar em suas cabeças e notar os gorrinhos, o ogro se convenceu de que se tratava dos meninos.

– **Que grande banquete terei amanhã!**

O ogro fechou a porta com um cadeado muito grande e voltou para seu quarto. Assim que o Pequeno Polegar o ouviu roncar, acordou seus irmãos.

Os meninos correram a noite toda pelo bosque.

Quando o ogro acordou, foi direto buscar os meninos para matá-los. Entrou no quarto e viu suas filhas, que ainda estavam adormecidas com os gorros na cabeça. Então, deu-se conta de que foi enganado e exclamou, com raiva:

– **Aqueles anões vão me pagar!**

Imediatamente, calçou as botas de sete léguas e partiu em sua busca. O Pequeno Polegar, ao ver como o ogro saltava os rios e cruzava as montanhas, escondeu-se com seus irmãos no espaço oco de uma rocha enorme.

Contos para sonhar

O ogro procurou os meninos a manhã inteira. Estava tão cansado que se sentou e dormiu justamente na rocha onde os meninos estavam escondidos. Quando o malvado começou a roncar, o Pequeno Polegar disse a seus irmãos:

– **Vão até a casa do ogro. Não se preocupem comigo. Daqui a pouco irei buscá-los.**

Quando seus irmãos se foram, o Pequeno Polegar tirou as botas de sete léguas do ogro e as vestiu. Como as botas eram mágicas, elas se ajustaram aos pés do menino como se tivessem sido feitas sob medida. Em um instante, o Pequeno Polegar foi até a casa do ogro e falou com sua mulher.

O Pequeno Polegar

– Senhora, a vida de seu marido corre perigo. Uma quadrilha de ladrões vai matá-lo se você não lhes der todo o ouro e dinheiro que possuem. **O ogro me pediu para trazer essa mensagem e para levar todas as coisas de valor que existem nesta casa.**

A mulher do ogro entregou uma fortuna para o Pequeno Polegar. Mas o menino, como podem imaginar, saiu correndo com seus irmãos para a casa de seus pais. **A partir daquele dia, os lenhadores e seus filhos foram felizes e nunca mais passaram fome.**

Riquete do Topete

Era uma vez uma rainha que teve um filho tão feio que todos pensaram que era monstruoso. A fada que apareceu para conhecê-lo garantiu, porém, que o menino seria inteligente e bom, e concedeu a ele o dom de poder ceder parte de sua sabedoria à pessoa que ele mais amasse.

O menino nasceu com um topete no alto da cabeça e por isso o chamaram de **Riquete do Topete.**

■ Contos para sonhar

Sete anos depois, a rainha de um país vizinho deu à luz duas meninas. A primeira que veio ao mundo era linda. A mesma fada que viu nascer Riquete disse:

– **Esta princesinha será tão linda quanto tonta.** Mas poderá tornar bonita a pessoa que mais ame.

A dor da pobre rainha foi ainda maior quando nasceu sua segunda filha, uma menina muito feia.

– **Não chore** – aconselhou a fada. – **Ela terá tanto talento que ninguém se importará com sua feiura.**

As princesas foram crescendo e em toda parte se falava da beleza da mais velha e da inteligência da mais nova. Mas todos se entediavam com a princesa bonita, que dizia coisas sem sentido. De bom grado, ela teria dado toda sua beleza em troca da metade da inteligência de sua irmã. A mais nova também faria o mesmo para deixar de ser tão feia.

Riquete do Topete

Em um dia em que a bela princesa chorava no bosque por causa de sua desgraça, aproximou-se dela um jovem horroroso, mas vestido magnificamente. Era o jovem príncipe Riquete do Topete, que lhe disse:

– **Não entendo, senhorita, por que está triste.**

■ Contos para sonhar

— Você é muito amável, cavalheiro — respondeu a princesa. **— Mas preferiria ser tão feia quanto você e ser inteligente.**

— Senhorita, posso resolver isso. Tenho o poder de ceder parte da minha inteligência a quem eu mais ame. E você será essa pessoa se casar comigo.

A princesa não soube o que responder.

— Dou-lhe o prazo de um ano para se decidir — disse ele.

A princesa aceitou a proposta de Riquete e, imediatamente, começou a notar que tinha facilidade para falar. Quando a princesa voltou ao palácio, todos se alegraram com a mudança. Bem, todos não. Sua irmã mais nova se deu conta de que ninguém mais se lembrava dela.

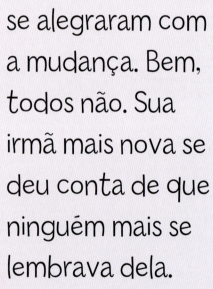

Riquete do Topete

Logo se soube da feliz notícia nos reinos vizinhos e começaram **a chegar príncipes de todas as partes para pedir sua mão.**

Depois de rejeitar muitos pretendentes, apareceu um homem tão charmoso e rico que ela não pôde resistir. Sempre lhe trazia flores e presentes. Mas, como agora ela era sensata, decidiu tomar algum tempo para pensar bem. **Não queria cometer um erro ao fazer sua escolha.**

A princesa foi ao bosque para refletir e tomar uma decisão. Enquanto passeava, ouviu um barulho estranho abaixo de seus pés e percebeu que a terra se movia.

Nisto, a terra se abriu e apareceu uma grande cozinha com seus cozinheiros. A princesa lhes perguntou para quem trabalhavam.

— **Para o príncipe Riquete do Topete, que se casa amanhã** — disse um deles.

A princesa lembrou da promessa que fez a Riquete, que nesse momento apareceu.

— **Estou disposto a manter minha palavra, se me amas.**

Riquete do Topete

- Ainda não sei.
- Não gosta do meu jeito?
- Sim, claro - disse ela.
- Então, dê-me uma parte de sua beleza.
- Como?
- Saiba que a mesma fada que me concedeu o dom de compartilhar minha inteligência lhe deu o de tornar bonito o homem que amasse.
- Pois, se é assim, desejo que se transforme no príncipe mais encantador - disse a princesa.

De repente, Riquete apareceu diante de seus olhos como o jovem mais bonito e amável do mundo. No dia seguinte, foi celebrado o magnífico casamento.

A patinha branca

Era uma vez um príncipe apaixonado que se casou com uma princesa a quem amava muito. Quando completaram um mês de união, ele soube que deveria fazer uma longa viagem. Triste, contou a notícia à sua jovem esposa:

– **Meu amor, não tenho outro remédio a não ser deixar você por um longo tempo,** mas prometo que você estará em meus pensamentos todos os dias.

■ Contos para sonhar

Ao ouvir aquelas palavras, a princesa ficou muito triste e começou a chorar.

Seu marido, apaixonado, não sabia o que fazer para consolá-la. Ele a abraçou carinhosamente, secou suas lágrimas e garantiu que tentaria voltar o quanto antes. Quando a princesa se acalmou por fim, o príncipe disse:

— Durante o tempo em que eu estiver fora, você tem que tomar muito cuidado. Não confie em estranhos e procure não sair do palácio.

A princesa prometeu lhe obedecer em tudo, despediu-se de seu marido e, em seguida, trancou-se em seu quarto. Passou dias e dias ali, triste e solitária. Só se distraía com a leitura.

■ Contos para sonhar

Algum tempo depois, uma mulher chegou ao palácio. Parecia bondosa, simpática e amável. Quando viu a princesa, exclamou:

– **Como você está triste! Não é bom que nossa futura rainha não presenteie o sol e o ar com sua presença.** Que tal darmos um passeio pelo jardim do palácio?

A princesa recusou, mas a mulher insistiu tanto que, por fim, ela pensou que não faria mal tomar um pouco de ar fresco.

Depois de um longo passeio, chegaram ao córrego que cruzava o jardim.

A patinha branca

A mulher, ao ver as águas cristalinas, comentou:

- Que vontade de tomar um banho! Com o calor que está fazendo, faria bem nos refrescarmos um pouco.

Apesar de a princesa ter recusado, acabou pensando que não faria mal um banho e entrou na água. Então, a mulher lançou um feitiço maléfico:

- De agora em diante, você será uma patinha branca e nadará o dia todo neste córrego, para cima e para baixo.

Assim, a princesa desceu pelo riacho, transformada em uma patinha branca.

■ Contos para sonhar

Aquela mulher, **que na verdade era uma bruxa,** vestiu-se com as roupas da princesa, penteou-se como ela e esperou, tranquilamente, a volta do príncipe.

Quando o príncipe voltou, o cachorro correu ao encontro de seu dono. Ela veio logo em seguida e se jogou em seus braços. **O príncipe estava tão contente que não notou nenhuma diferença.**

Enquanto isso, a patinha branca botou três ovos perto do córrego. Depois de um tempo, nasceram os filhotes, que na verdade eram crianças.

A patinha branca

Com muito carinho e cuidado, a patinha branca criou e ensinou os patinhos a nadar no córrego e a caminhar pelo mundo. Quando via que seus filhinhos queriam ir ao jardim do palácio, sempre fazia a mesma advertência:

— **Não, não e não! Nunca devem ir por este caminho.**

Porém, os patinhos, que eram tão pequenos quanto descuidados, fizeram pouco caso e foram se aproximando mais e mais, até chegarem ao jardim do palácio. A bruxa logo os reconheceu pelo olfato. Ela se aproximou deles, os alimentou e colocou os patinhos para dormir. Logo, foi até a cozinha ordenar que preparassem o fogo, as panelas e a faca para cozinhá-los.

■ Contos para sonhar

Naquela noite, todos os patinhos dormiram felizes, menos o menor, que via e ouvia tudo. À meia-noite em ponto, a bruxa chegou e perguntou:

– **Crianças, já estão dormindo?**

Ao que o menor respondeu:

– **Não conseguimos dormir porque achamos que alguém quer nos matar.** Estamos ouvindo daqui o barulho de fogo, panelas e facas. Se dormirmos, morreremos.

Ao ver que continuavam acordados, a bruxa deu uma volta pelo jardim. Depois de um tempo, voltou e perguntou mais uma vez:

– **Crianças, já estão dormindo?**

O pequeno respondeu a mesma coisa, e a bruxa estranhou que era sempre o mesmo patinho quem respondia. Então, percebeu que os dois patinhos maiores estavam dormindo profundamente. Estendeu sua mão malvada sobre todos eles e, dentro de instantes, estavam mortos.

Na manhã seguinte, quando a mamãe pata chamou seus filhotes e eles não responderam, temeu pelo pior. Imediatamente voou até o jardim do palácio, e ali estavam seus filhos, frios como o gelo.

A patinha branca

– **Oh, meus filhinhos! Quem fez isto com vocês?**
– ela exclamou ao vê-los.

Neste exato momento, o príncipe e sua mulher saíram para passear pelo jardim. Ao ouvir a pata, o príncipe perguntou:

– **Ouviu isso? A pata está falando?**

– **Deve ser imaginação sua, meu esposo** – respondeu a bruxa. – **Todo mundo sabe que patas não falam.**

– Oh, meus filhinhos! – continuou a pata. – **Essa bruxa velha me tirou tudo: primeiro meu marido e agora meus três filhos. Oh, filhinhos de minha alma!**

O príncipe ficou tão surpreso que ordenou a um de seus criados que trouxesse a pata imediatamente, mas sem machucá-la. Quando o próprio príncipe tentou pegá-la, a pata voou até suas mãos.

Então, o príncipe lançou um encantamento:

– **Que um vidoeiro-branco nasça em minhas costas se uma donzela não aparecer diante de meus olhos.**

A patinha branca ■

No mesmo instante, suas palavras se concretizaram. A donzela era ninguém menos que sua jovem esposa. A princesa contou tudo o que acontecera e, imediatamente, caçaram juntos um corvo; amarraram dois frascos em seu pescoço e lhe disseram:

– Encha um frasco com água da vida e o outro com água da palavra.

O corvo saiu voando e, quando voltou, eles jogaram nos patinhos as duas águas, para que ressuscitassem e falassem. E assim o fizeram. Todos se abraçaram e se beijaram felizes.

Quanto à bruxa, não ficou sequer na lembrança e ninguém sentiu falta dela.

Aladim e a lâmpada maravilhosa

Em uma cidade da China, vivia um pobre alfaiate com a mulher e o filho, Aladim. Um dia, o alfaiate adoeceu e morreu. Sua mulher vendeu a alfaiataria e se pôs a fiar.

Tempos depois, enquanto Aladim brincava na rua, aproximou-se um mago estrangeiro que sabia bem quem ele era e lhe disse:

– Você é o filho do alfaiate?

■ Contos para sonhar

— Sim, senhor. Mas meu pai morreu. O senhor o conhecia?

— Seu pai era meu irmão! – exclamou o estrangeiro. – Viajei até aqui para vê-lo e você acaba de me dar essa horrível notícia.

O estrangeiro abraçou Aladim e prometeu ir a sua casa jantar.

Aladim foi embora correndo para levar a boa notícia.

— Mãe, acabo de conhecer o irmão do meu pai! Esta noite ele virá jantar com a gente.

— Impossível! – disse a mãe. – Seu tio morreu há muito tempo.

Aladim e a lâmpada maravilhosa

Porém, apesar das dúvidas, a mulher preparou o jantar. O estrangeiro apareceu na casa ao anoitecer. Depois de se cumprimentarem, os três sentaram-se à mesa e o tio perguntou:

– **Diga-me, sobrinho, em que você trabalha?**

Aladim, envergonhado, baixou a cabeça, e sua mãe respondeu:

– **Ele é um desocupado. Sou eu quem trabalha.**

– **Isso não pode ser!** – exclamou o tio. – **Amanhã iremos ao mercado: comprarei uma roupa adequada e encontrarei um lugar para você trabalhar.**

A pobre mulher não teve mais dúvidas: aquele homem tinha que ser seu cunhado.

No dia seguinte, foram ao mercado e o estrangeiro cumpriu sua palavra.

■ Contos para sonhar

Uma semana depois, comentou com Aladim:
– **Hoje lhe mostrarei algo maravilhoso.**
Afastaram-se da cidade e, quando chegaram ao lugar marcado, o estrangeiro pronunciou umas **palavras mágicas.** A terra se abriu e apareceu uma pedra de mármore com uma argola, que eles levantaram.

O homem voltou a falar:

— Desça pela escada e abra a porta do fundo. Cruze os três primeiros cômodos. **Não toque em nada e não pare.** Se você fizer isso, **vai se transformar em uma pedra negra.** Na quarta sala, há uma porta. Abra-a e verá um jardim; siga até chegar a um salão, **pegue a lâmpada a óleo que você verá e guarde-a.** Ao voltar pelo jardim, pode pegar o que quiser.

O estrangeiro pôs um anel em Aladim para protegê-lo.

Ao chegar à quarta sala, Aladim pegou a lâmpada e guardou-a em sua camisa. Na volta, viu que estavam pendurados nas árvores bonitos cristais e arrancou alguns para sua mãe. Chegou à escada de entrada e, como não conseguia subir por causa das coisas que carregava, pediu ajuda a seu tio, que ordenou:

— **Dê-me a lâmpada, assim poderá subir.**

Contos para sonhar

— **Não posso** — respondeu Aladim. — Está dentro da minha camisa.

Achando que Aladim não queria lhe dar a lâmpada, o tio disse palavras mágicas e a pedra voltou a fechar.

Quando Aladim percebeu que não podia sair, gritou, chorou, retorceu as mãos... E aconteceu que ele roçou o anel mágico; nesse momento, apareceu diante dele um ser gigantesco, que disse:

— **Sou o gênio do anel. Seus desejos são ordens para mim.**

Aladim pediu:

— **Quero que me tire daqui.**

Imediatamente viu-se ao ar livre e correu até sua casa. Nunca tinha sentido tanta alegria ao ver sua mãe.

Aladim e a lâmpada maravilhosa

Contou tudo o que havia acontecido, deu os cristais do jardim de presente e mostrou a lâmpada de cobre e o anel mágico. Sua mãe ficou feliz.

– Mãe, traga-me a lâmpada. Eu a venderei e comprarei comida.

A mãe, ao vê-la tão suja, **esfregou-a e então apareceu um ser gigantesco.** Aladim, que escutou o gênio falar, correu para pegar a lâmpada e ordenou:

– Quero comer os alimentos mais deliciosos do mundo.

Na mesma hora, o gênio colocou doze pratos de ouro com diferentes assados sobre uma mesa de prata. Depois, foi desaparecendo aos poucos no meio da fumaça. Naquele dia, mãe e filho comeram como reis.

Aladim foi ao mercado de joias. Lá, descobriu que os cristais do jardim eram pedras preciosas. Nesse dia, conheceu a filha do sultão. Quando a princesa tirou o véu, ele se apaixonou.

Aladim não mais comia, nem falava, nem dormia...

– O que há com você? Está doente? – perguntou a mãe.

– Estou apaixonado pela princesa e quero me casar com ela.

– Você está louco! – ela gritou. – O que você pode lhe oferecer?

– Posso lhe oferecer pedras preciosas.

E convenceu sua mãe para que fosse falar com o sultão.

Aladim e a lâmpada maravilhosa

Na manhã seguinte, a mãe rumou para o palácio e pediu para falar com o sultão.

- Mulher - disse ele -, **em que posso ajudá-la?**
- **Senhor, meu filho Aladim quer se casar com a princesa.**

Ao ver sua vestimenta pobre, o sultão riu e perguntou:

- **Diga-me, o que é isso que você esconde e não me mostra?**

A pobre mulher sacou uma tigela e mostrou as pedras preciosas. O sultão ficou pasmo e disse em seguida:

- **Diga a Aladim que o casamento será feito dentro de três meses.**

Contos para sonhar

Depois de três meses, a mãe de Aladim voltou ao palácio. O sultão lhe disse:

— **Desejo que quarenta casais jovens tragam quarenta pratos de ouro repletos de pedras preciosas.**

A mulher, assustada, ficou ainda mais surpresa ao ouvir o filho dizer:

— **Não se preocupe. O gênio da lâmpada me ajudará.**

E assim foi. Horas depois, a mãe de Aladim chegava ao palácio com uma esplêndida comitiva e disse ao sultão:

— **Senhor, seus desejos são ordens para meu filho!**

Ao ver aquelas riquezas, o sultão decidiu começar naquela mesma noite as festas do casamento.

Aladim e a lâmpada maravilhosa

Com a ajuda do gênio da lâmpada, Aladim reuniu quarenta e oito soldados montados a cavalo para o conduzirem até o palácio. Sua mãe foi escoltada por doze damas.

Aladim entrou e cumprimentou o sultão.

— Obrigado, senhor, por me conceder a mão de sua filha.

— Só lamento não ter feito isso antes – respondeu o sultão.

A música soou para dar início ao banquete. Após o casamento, Aladim despediu-se e disse ao sultão:

— Não levarei minha esposa comigo até que eu tenha um palácio digno dela.

■ Contos para sonhar

Então, Aladim voltou para casa, esfregou a lâmpada e pediu ao gênio:

- **Quero que você construa um luxuoso palácio em frente ao do sultão.**

- **Seus desejos são ordens** - respondeu o gênio.

Ao amanhecer, o gênio da lâmpada levou Aladim até o novo palácio. O jovem ficou assombrado com tanto luxo, pois tudo era de ouro, prata e pedras preciosas.

Aladim e a lâmpada maravilhosa

Ao meio-dia, Aladim voltou à sua festa de casamento, e o sultão e a princesa foram conhecer o palácio. A felicidade reinava no palácio de Aladim, mas não ia durar muito tempo. O mago havia voltado à cidade e, disfarçado de mercador, ia anunciando pelas ruas:

— Troco lâmpadas velhas por lâmpadas novas!

A princesa, que o ouviu, lembrou-se que Aladim guardava uma velha lâmpada no palácio e ordenou a uma criada que a desse ao vendedor.

■ Contos para sonhar

Quando o mago pegou a lâmpada mágica, pôs-se a correr e não parou até estar bem longe da cidade. Então a esfregou, apareceu o gênio e o homem disse:

– Transporte o palácio de Aladim ao meu país e me leve junto com ele.

Seus desejos se tornaram realidade.

Na manhã seguinte, o sultão não enxergou o palácio de sua filha e ordenou aos soldados que capturassem seu marido. Aladim perguntou:

— **Senhor, por qual motivo está me prendendo?**

Um dos guardas levou Aladim até a janela. Ao ver que seu palácio havia desaparecido, ele ficou sem palavras.

— **Traga a minha filha imediatamente!** — gritou o sultão.

Aladim deixou a cidade e, ao chegar perto de um rio, se refrescou. Enquanto esfregava o anel mágico, apareceu o gênio e Aladim lhe pediu:

— **Devolva minha mulher e o palácio!**

— **Senhor, não posso. Ele pertence ao gênio da lâmpada.**

— **Então** — respondeu Aladim —, **leve-me ao palácio.**

No mesmo instante, o gênio o transportou até a África.

■ Contos para sonhar

A princesa estava debruçada sobre uma janela do palácio e, ao ver Aladim, gritou de alegria:

— **Entre pela porta secreta! Corra! Vamos aproveitar que o mago saiu!**

Minutos depois, os dois apaixonados se abraçaram.

Aladim planejou uma maneira de se vingar do mago assim que foi ao mercado de perfumes. Quando voltou, disse a sua mulher:

— **Convide o mago para jantar e convença-o de que o ama.** Sem que ele se dê conta, jogue este veneno na taça dele.

O mago voltou ao palácio e a princesa o convidou para comer. Na sobremesa, a princesa disse:

116

Aladim e a lâmpada maravilhosa

— Gostaria de encerrar a noite com um costume de meu país. Lá, ao final do jantar, os casais apaixonados trocam suas taças.

O mago deu sua taça à princesa e tomou a dela. Logo ao primeiro gole, caiu morto no chão. Rapidamente, Aladim, que estava escondido, entrou e tirou dele a lâmpada. Esfregou-a, apareceu o gênio e lhe ordenou:

— Desejo que leve este palácio ao lugar onde estava.

Na manhã seguinte, o sultão chegou à janela e, ao ver o palácio de Aladim, correu para abraçar sua filha e seu genro, **que viveram felizes para sempre.**

A lebre e a tartaruga

Naquele dia de verão, a lebre estava à sombra de um salgueiro, conversando com o senhor ouriço e a senhora coelha. Pelo caminho, vinha lentamente a tartaruga. Quando chegou perto da árvore, a lebre disse:

– **Nesse ritmo, a senhora não chega hoje em casa!**

– **Ah, senhora lebre! Cuide da sua vida!** – disse a tartaruga, enquanto secava o suor com a mão.

■ Contos para sonhar

A senhora coelha e o senhor ouriço riram. A lebre, como era muito orgulhosa e vaidosa, não suportava que ninguém lhe dissesse o que não queria ouvir. Por isso, respondeu à tartaruga:

– Mas que mau humor! **Não quis ofendê-la.** Só disse o que todo mundo sabe: a senhora é mais lenta que o caranguejo.

– **Está bem!** – disse a tartaruga.

– **Sei melhor do que ninguém que sou lenta, mas também sei que sou forte e consigo tudo o que quero.** Por isso, vou lhe propor uma aposta: **você e eu faremos uma corrida deste salgueiro até a margem do rio, para ver quem chega primeiro.** Se o senhor ouriço estiver de acordo, será o juiz. E a senhora coelha pode avisar a todos os animais para que venham nos ver.

A lebre, a coelha e o ouriço se olharam surpresos.

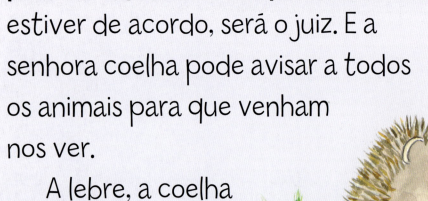

A lebre e a tartaruga

A lebre, divertindo-se muito, exclamou:

- **Com este sol, não é estranho que tenham amolecido os miolos da tartaruga!** Mas está bem. No domingo haverá uma corrida entre mim e a tartaruga.

A tartaruga desejou um bom-dia aos seus amigos e foi embora. A partir desse momento, quando tinha um tempo livre, a tartaruga treinava pelos caminhos do bosque. Seu único desejo era ganhar da lebre.

Finalmente chegou o grande dia. Todos os animais do bosque foram ver a corrida, e todos zombavam da tartaruga:

- **Vamos, você consegue!** - dizia o veado.
- **Hoje você vai ser a rainha da velocidade** - gritava a raposa.

■ Contos para sonhar

– O que é que ela estava pensando! – exclamou o caramujo. **– Até eu sou capaz de ganhar da tartaruga.**

Quando chegou o momento, o juiz deu a largada. A tartaruga começou a andar passinho a passinho. A lebre, que se achava muito engraçada, ia atrás dela imitando sua forma de caminhar e exclamando:

– Pobre de mim, pobre de mim! Eu, que sempre ganho dos cachorros, vou perder esta corrida com a tartaruga. Viram? Vai ganhar de mim, ai, que pena! A partir de agora, os caçadores, em vez de cachorros, levarão tartarugas.

Os animais não paravam de rir com as brincadeiras que a lebre fazia.

A lebre e a tartaruga

Para festejar e tornar menos tediosa a espera até a linha de chegada, uns convidavam a lebre para tomar uma bebida; outros conversavam com ela. Realmente, estava sendo um dia muito divertido.

Enquanto isso, a tartaruguinha, sem prestar atenção em nada nem em ninguém, continuava caminhando.

Ao longe, ouvia que a lebre dizia a seus amigos:

— Até o último momento, não penso em dar nenhum passo.

A raposa e os javalis riam ao ver o esforço da tartaruga em chegar à linha de chegada ainda que tivesse que passar o dia inteiro caminhando, pois todos davam como garantida a vitória da lebre.

■ Contos para sonhar

Os coelhos e os sapinhos faziam muitas brincadeiras e estavam se divertindo muito.

As toupeiras aplaudiram a lebre e a convidaram para comer um aperitivo. Mas ela comeu e bebeu tanto que ficou com um sono impressionante. Então, começou a dormir sobre a grama e se esqueceu completamente da corrida.

Enquanto isso, a tartaruga continuava caminhando passinho a passinho, lentamente, mas sem descansar.

Alguns amigos da lebre, vendo que a tartaruga se aproximava da linha de chegada, gritaram para acordarem sua amiga, mas a lebre continuava roncando.

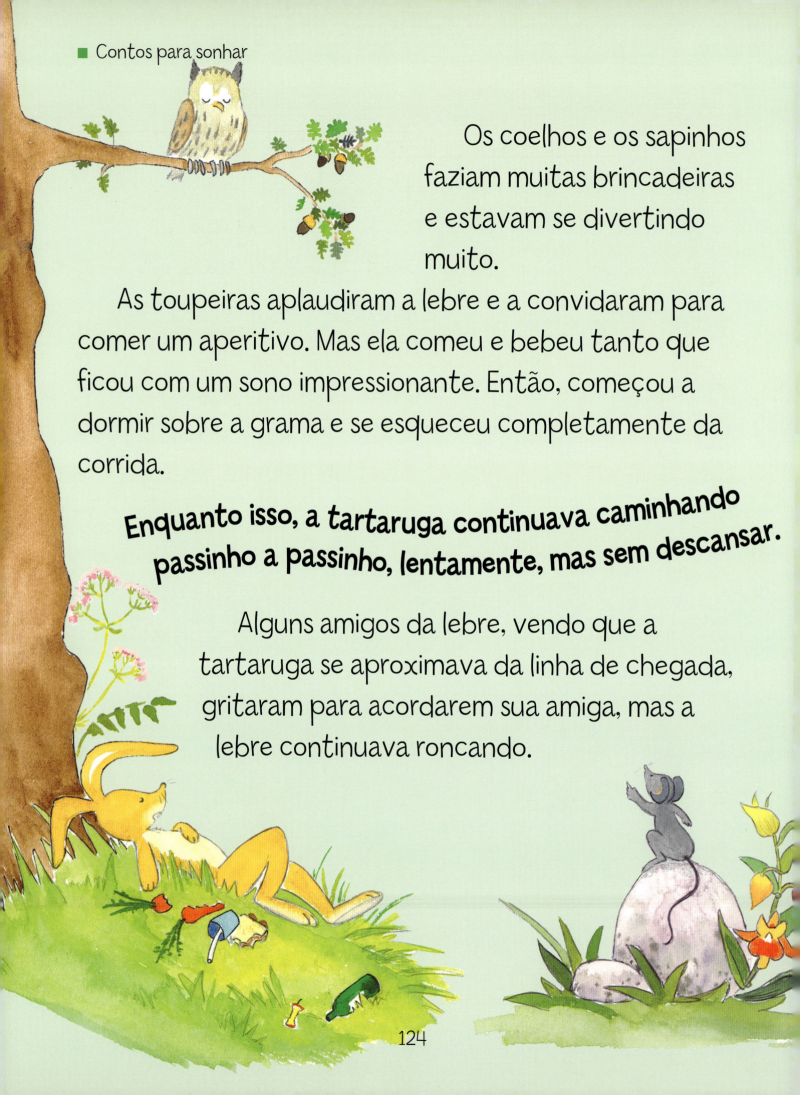

Quando por fim a lebre acordou e olhou ao redor, viu que a tartaruga estava a ponto de cruzar a linha de chegada. **Foi então que a lebre pulou como um raio.** Ela teria que se apressar muito se quisesse ganhar a corrida. **Faltavam apenas poucos metros para a tartaruga alcançar a linha de chegada.**

Contos para sonhar

Mas suas patas, embora fossem muito rápidas, não puderam fazer nada. A tartaruga já tinha vencido a corrida. Todos os animais do bosque a aplaudiam e a felicitavam. Como prêmio, ela ganhou uma incrível taça. O senhor ouriço foi quem a entregou.

A tartaruga estava feliz.

A lebre e a tartaruga

Quando a lebre chegou, a tartaruga se aproximou dela e disse no seu ouvido:

— Não seja presunçosa, não seja orgulhosa, e aprenda que na vida existem os outros. Lembre-se que não vence quem muito fala, mas sim aquele que trabalha passo a passo para chegar lá.

O cuidador de porcos

Era uma vez um príncipe pobre que tinha um pequeno reino e queria se casar. Nada disso teria sido um problema se ele tivesse desejado se casar com uma princesa normal, mas o príncipe pobre teve a audácia de perguntar à filha do imperador:

■ Contos para sonhar

— **Quer se casar comigo?**

A princesa nem se dignou a responder. Para conquistar seu coração, o príncipe lhe enviou as coisas mais belas de seu pequeno reino: **uma rosa e um rouxinol.**

Os dois presentes eram excepcionais. A rosa crescia uma vez a cada cinco anos sobre a sepultura do pai do príncipe. Seu perfume era tão doce e intenso que fazia com **que qualquer tipo de preocupação e tristeza fosse esquecido.**

O rouxinol cantava as **melodias mais lindas** que se pudessem imaginar.

O príncipe colocou os dois presentes em dois estojos de prata e mandou para a princesa.

O cuidador de porcos

Quando os estojos de prata chegaram a seu destino, o imperador chamou sua filha para que os abrisse.

- **Tomara que seja um gatinho!** - disse a princesa.

Mas, ao abrir o estojo, o que apareceu foi uma bela rosa.

- **É perfeita!** - exclamaram as damas da princesa.

- **É linda!** - acrescentou o imperador.

Todos elogiaram sua beleza e aroma, menos a princesa, que reclamou:

- **Que raiva! É uma flor de verdade! Preferia ter ganhado uma flor artificial.**

■ Contos para sonhar

Ao ver a desilusão da princesa, o imperador abriu o outro estojo de prata. E apareceu o rouxinol. Cantava tão bem que era impossível colocar defeito. Mas a princesa disse:

— **Jamais acreditaria que este pássaro é de verdade!**

Como nenhum daqueles presentes foi de seu agrado, a princesa não quis receber o príncipe apaixonado.

Entretanto, ele não desanimou. Sujou o rosto de preto e marrom, colocou um gorro que ia até as sobrancelhas e bateu à porta do palácio.

O cuidador de porcos

— Bom dia, imperador! Poderia entrar para trabalhar nesta nobre casa?
— Você chegou na hora certa. Preciso de alguém para cuidar dos porcos.

■ Contos para sonhar

Assim, o príncipe pobre passou a ser o cuidador de porcos do imperador. Passava o dia todo cuidando dos porcos e distraindo-se fazendo pequenos instrumentos musicais.

À noite, dormia ao lado desses animais em uma cabana pequena e desconfortável. Os porcos gostavam muito dele porque **o príncipe lhes contava histórias para passar o tempo.**

Todas as noites, o cuidador de porcos preparava o jantar em seu caldeirão. Aquele era um caldeirão maravilhoso. Assim que os alimentos começavam a cozinhar, **os sinos que o príncipe tinha colocado no caldeirão tocavam velhas canções que todo mundo conhecia.** Além disso, se colocasse o dedo no caldeirão, podia-se sentir o cheiro das comidas que eram preparadas nas casas da cidade.

O cuidador de porcos

No mesmo instante que o caldeirão começou a tocar, a princesa passeava perto da cabana. Naquele momento ela lembrou da canção e disse para as suas damas:

— Essa é a única música que sei tocar no piano!

Entrem imediatamente na cabana e perguntem ao cuidador de porcos quanto custa o instrumento que toca essa linda melodia.

Uma das damas entrou e, depois de perceber que era um caldeirão que produzia a música, perguntou ao cuidador de porcos:

— Quanto você cobra pelo caldeirão?

— Ficarei satisfeito com dez beijos da princesa.

– **Isso é impossível!** – exclamou a dama, ofendida.

– **Saiba que não o darei por menos.**

Assim que a dama saiu da cabana, a princesa lhe perguntou:

– **O que o cuidador de porcos disse?**

– **Não me atrevo a dizer em voz alta. Se quiser saber, contarei ao seu ouvido.**

Então a dama contou em voz baixa e, imediatamente, a princesa gritou:

– **Que indecente, que aproveitador!**

A princesa e suas damas começaram a ir embora e, em pouco tempo, voltaram a escutar aquela maravilhosa melodia. A princesa parou e disse à sua dama:

– **Vá de novo à cabana e pergunte ao cuidador se ele se conforma com dez beijos de minhas damas.**

A mulher fez o que a princesa mandou e o cuidador de porcos insistiu no seu acordo.

O cuidador de porcos ■

– Diga à princesa que quero dez beijos dela. Se ela fizer isso, darei o caldeirão a ela.

Finalmente, a princesa aceitou o acordo, mas não sem antes protestar:

– Como é descarado! Darei dez beijos se minhas damas ficarem ao nosso redor para que ninguém nos veja.

Assim, a princesa recebeu o caldeirão e o cuidador de porcos, seus dez beijos.

■ Contos para sonhar

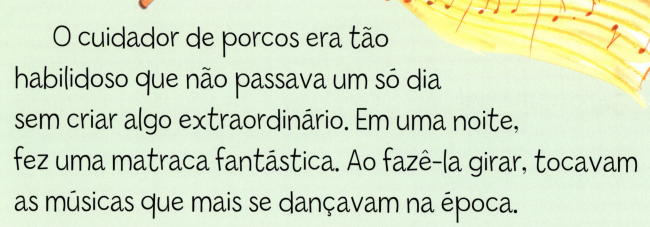

O cuidador de porcos era tão habilidoso que não passava um só dia sem criar algo extraordinário. Em uma noite, fez uma matraca fantástica. Ao fazê-la girar, tocavam as músicas que mais se dançavam na época.

Quando a princesa ouviu a música no dia seguinte, voltou a se impressionar e ordenou a uma de suas damas:

– **Pergunte ao cuidador de porcos quanto ele quer por esse instrumento. Ah! Diga-lhe que não penso em dar um só beijo.**

Depois de um tempo, a dama voltou e disse:

– **Ele não quer um, mas cem beijos!**

A princesa, enfurecida, abandonou aquele lugar. Não deu nem três passos quando uma música incrível começou a tocar. A princesa parou e disse:

– **Está bem, diga-lhe que eu darei dez beijos e o restante vocês darão.**

140

O cuidador de porcos

Mas o cuidador de porcos voltou a repetir a mesma coisa:

– **Quero cem beijos da princesa. Se não houver beijos, a princesa não terá a matraca.**

As damas contaram para a princesa e ela gritou:

– **Cerquem-me!**

As damas a cercaram e o cuidador de porcos começou a beijar a princesa.

141

Naquele momento, o imperador passava por ali. Quando viu aquele círculo de damas, exclamou:

– Que divertido! Irei brincar com elas.

Como as damas estavam muito atentas contando os beijos que o cuidador de porcos dava na princesa, não ouviram nem viram o imperador chegando. Ao ver o que acontecia, o pai da princesa exclamou:

– Mas o que é isto?!

Imediatamente, o cuidador e a princesa foram expulsos do império. E ali ficaram os dois: a princesa chorando e o cuidador de porcos rindo.

– Como sou estúpida! Se tivesse me casado com o príncipe que me pediu em casamento, não teria passado por isso.

O cuidador de porcos

Então, o cuidador de porcos foi atrás de uma árvore, tirou a pintura da cara e a roupa esfarrapada e apareceu vestido de príncipe.

- Aqui estou! Eu sou o príncipe que quis se casar com você. Desprezou-me tanto que decidi fazer o mesmo contigo. Já que não quis um príncipe honesto e preferiu beijar um cuidador de porcos para ter uma matraca, digo-lhe adeus.

O príncipe entrou em seu reino e a princesa ficou do lado de fora, cantando seu desespero.